La cabane ensorcelée

Des romans à lire à deux,
pour les premiers pas en lecture !

La collection Premières Lectures accompagne les enfants qui apprennent à lire. Chaque roman peut être lu à deux voix : l'enfant lit les bulles et un lecteur confirmé lit le reste de l'histoire.

Cette collection a trois niveaux :

NIVEAU 1 les bulles peuvent être lues par l'enfant qui débute en lecture.

NIVEAU 2 les bulles peuvent être lues par l'enfant qui sait lire les mots simples.

NIVEAU 3 les bulles peuvent être lues par l'enfant qui sait lire tous les mots.

Quand l'enfant sait lire seul, il peut lire les romans en entier, comme un grand !

Un concept original **+** des histoires simples **+** des sujets qui passionnent les enfants **+** des illustrations :
des romans parfaits pour débuter en lecture avec plaisir !

Cette histoire a été testée par Francine Euli, enseignante, et des enfants de CP.

L'orthographe rectifiée est appliquée dans cet ouvrage.

Loi n° 49-956 du 16 juillet 1949 sur les publications destinées à la jeunesse,
modifiée par la loi n° 2011-525 du 17 mai 2011.
ISBN : 978-2-09-258222-0

NIVEAU 2

Amélie Maléfice

La cabane ensorcelée

Texte d'Arnaud Alméras
Illustré par Gaëlle Duhazé

Nathan

Siméon, le petit sorcier,
est invité chez sa copine Amélie.
Dès qu'il arrive chez son amie,
elle l'entraine dans le jardin.

J'adore !

Mais qui voilà ? C'est Adalbert,
le petit frère d'Amélie.
Il s'approche de la cabane :
– Est-ce que je peux jouer
avec vous ?

Amélie secoue la tête.

– On ne joue pas avec les bébés !

Adalbert, très déçu, s'éloigne.

– On va jeter un sort sur la cabane, chuchote Amélie à Siméon. Comme ça, personne ne nous dérangera…

Amélie propose d'utiliser la formule qui piège. Ils l'ont apprise en classe avec la maitresse.

Siméon répond à voix basse :
– Mais on n'a le droit de l'utiliser que lorsque la maitresse nous surveille. Sinon, c'est trop dangereux !

Mais ce qui est dangereux,
les petits sorciers aiment bien ça !

Amélie et Siméon ont vraiment très, très envie d'essayer...
Ils sortent de la cabane et Amélie prononce la formule magique :
– Par la puissance des sept crânes ornés de fougères et de mousse, que l'entrée de cette cabane soit interdite à tous !

Cette formule est géniale !

Caché derrière un buisson,
Adalbert espionne Amélie et Siméon.
Il voit trois éclairs traverser le ciel,
au-dessus de la cabane.

C’est sûr, les deux amis font de la sorcellerie sans avoir la permission !

À cet instant, monsieur Maléfice apparait dans le jardin.
Adalbert l’appelle :
– Papa ! Ils ne veulent pas que je joue avec eux.

Un peu inquiet, le papa d'Amélie s'approche de la cabane.

Soudain, monsieur Maléfice sent le sol s'enfoncer sous ses pieds. Ce sont des sables mouvants !

Soudain, un filet s'abat sur lui…

Le papa d'Amélie est tellement serré dans le filet qu'il ne peut même pas attraper sa baguette !

Amélie et Siméon bondissent vers lui.

Amélie sent aussitôt ses pieds s’enfoncer dans les sables mouvants.

Siméon est, à son tour, capturé
dans un filet !

Suspendu, la tête en bas, monsieur Maléfice essaie d'attraper sa baguette. À force de se tortiller, monsieur Maléfice saisit enfin sa baguette et s'exclame :

– Je vais faire cesser ce sortilège !

Il trace un signe dans l'air, en disant :
« Supprimo ! » pour se libérer.
Et tous les trois, Amélie, son papa
et Siméon, se retrouvent assis par terre.

Ouf !

– Piéger une cabane ! Quelle idée ! soupire monsieur Maléfice. Qui a bien pu...

Siméon souffle à l'oreille d'Adalbert :

– Sois sympa, ne rapporte pas...

– Si tu ne dis rien, on te laissera jouer avec nous ! lui chuchote Amélie.

Monsieur Maléfice demande à Adalbert :
– Alors, tu sais qui a piégé la cabane ?

Son papa fronce les sourcils :

– Je vais faire le tour du jardin.
Je veux comprendre d'où a bien pu venir cet affreux sortilège.

Et nous, on va jouer tous ensemble !

Adalbert peut enfin pénétrer dans la cabane.

– Tu connais le jeu du Prisonnier ? lui demande Amélie.

Non.
Mais c'est
surement bien
comme jeu…

Bravo ! Tu as lu un livre en entier !
Tu as aimé cette histoire ?

Découvre les autres aventures d'Amélie et Siméon !

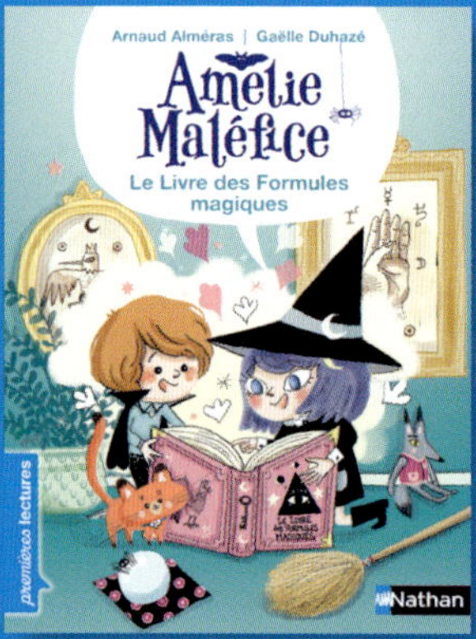

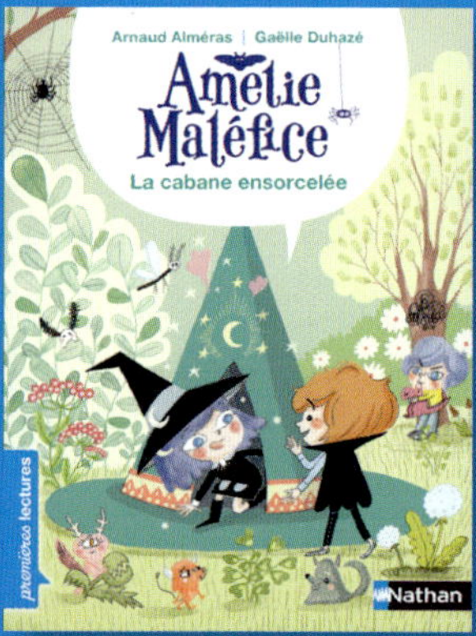

premières lectures

N° éditeur : 10279192 – Dépôt légal : juin 2018
Achevé d'imprimer par Pollina en janvier 2022
(85400 Luçon, France) - 40724

IMPRIM'VERT
Votre imprimeur agit pour l'environnement

FSC www.fsc.org
MIXTE
Papier issu de sources responsables
FSC® C022030